LOURDES & LES MÉCRÉANTS

POÈME

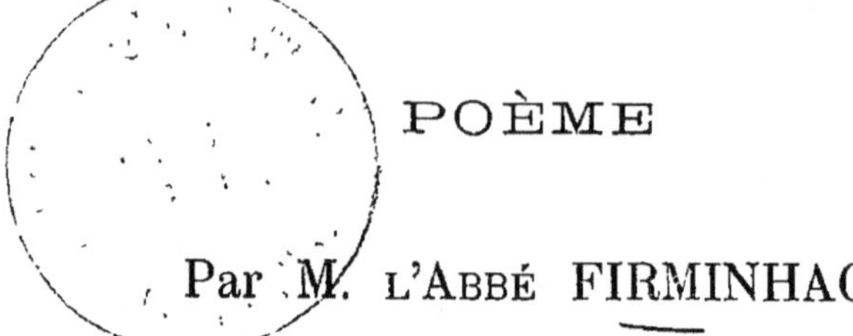

Par M. L'Abbé FIRMINHAC

Chanoine honoraire de Rodez et de Tours, chevalier de l'Ordre Royal

d'Isabelle-la-Catholique.

BORDEAUX

IMPRIMERIE A.-R. CHAYNES, RUE LEBERTHON, 7

1873

En 1858, aux portes de la petite ville de Lourdes, la reine des Cieux apparut à Bernadette Soubirous, jeune fille de 13 ans, pauvre, ignorante et timide. A partir du 11 février, l'apparition se renouvela 18 fois.

Une source jaillit de la roche Massabielle, sous la main de la voyante, sur l'indication de la belle dame, devant une foule immense de spectateurs. Des guérisons étonnantes signalèrent bientôt la vertu merveilleuse de ses eaux. Les peuples s'émurent jusqu'au fond des provinces : les curieux, les croyants accoururent par milliers ; la foi, l'enthousiasme croissaient avec les faits surnaturels ; enfin le mouvement devenait de jour en jour plus irrésistible.

Les libres-penseurs, les esprits forts de la localité, haussèrent d'abord les épaules, niant les apparitions, niant la source et les guérisons miraculeuses ; mais honteux de leurs propres contradictions, se voyant entraînés par le flot qui montait toujours, ils eurent recours aux calculs de la force et de la violence.

Juges, procureurs, commissaires de police, préfets, ministres unirent bravement leurs efforts pour arrêter la superstition de la foule insensée.

Inutiles fureurs ! Le surnaturel renverse toutes les barrières de l'orgueil et de l'athéisme. Un temple magnifique s'élève sur le roc Massabielle, et des légions innombrables de pèlerins arrivent à toute heure aux pieds de la grotte des saintes visions.

Un noble chrétien porte un défi public et solennel à la libre-pensée : elle recule lâchement, mais continuant à mentir, à nier *a priori*. L'insulte et le blasphème sont l'expression journalière et criminelle d'une haine forcée dans ses derniers retranchements.

Voilà le sujet du poème.

Lourdes et les Mécréants

Mirabilia dicta sunt de te.

I

La France, sous le poids d'une douleur immense,
Contemplait sa ruine et pleurait en silence!...
Dix siècles constellés de gloire et de splendeur
De son large passé reflétaient la grandeur,
Tandis que l'avenir, noyé dans les ténèbres,
S'offrait plein de terreurs et d'images funèbres!
Qu'espérer? la victoire a fui ses étendards,
Et la foudre a brisé ses plus fermes remparts.

Mais un souffle soudain l'agite et la soulève!
Qu'a-t-elle vu la France? aux terreurs de son rêve
Elle s'arrache enfin, et l'espoir vers les Cieux
Appelle son amour et son regard pieux!
Les temples des hameaux, les grandes basiliques
Se parent à l'envi de festons magnifiques;
Un saint enthousiasme enflamme tous les cœurs,
Et la tristesse cède à des charmes vainqueurs.

Les bannières, les croix au soleil resplendissent,
En sublimes accords les hymnes retentissent,
Et comme les épis flottent sur les sillons,
Mêlant et déroulant leurs épais tourbillons,
Du peuple des croyants telle l'immense foule
Pour le pèlerinage à longs plis se déroule,
Et couronnés de fleurs mille et mille étendards
Se jouant dans les airs, fascinent les regards.

Où vont-ils ces croyants? où vont ces multitudes
Aux costumes divers, aux nobles attitudes?
Dieu le veut! Dieu le veut! ils vont aux bords lointains.
De la reine des Cieux baiser les pas divins.
Les chars de feu sont prêts; la vapeur sur ses ailes
Emporte dans son vol la masse des fidèles;
La chimère en passant projette des éclairs,
Et les hymnes sacrés réjouissent les airs.

La nuit fait place au jour; du sommet des montagnes
La clarté par degrés descend sur les campagnes;
Le monstre a ralenti sa course, et dans les Cieux
Des cloches on entend les chants religieux.

Un son aigu, strident répond à leurs volées,
Et le gave frémit aux contours des vallées;
C'est Lourdes, la cité des bénédictions,
C'est le mont glorieux des saintes visions.

Le jour croît, le soleil, d'une lumière pure,
Pour la fête du jour embellit la nature.
La nuit, un peuple entier des monts est descendu;
Près du temple il attend par masses répandu !
Vingt mille pèlerins, (¹) rangés en longue file,
De cantiques joyeux font retentir la ville
Pendant que la fanfare, aux accords plus puissants,
Remplit tout le vallon de ses nobles accents.

Touts'ébranleausignal; d'abordles chœurs des Vierges,
Les femmes par milliers tenant en main des cierges,
Les corps religieux, les sœurs d'ordres divers,
Par vagues se pressant comme les flots des mers;
Puis les lévites saints chantant les chants bibliques,
Trois cents prêtres ornés d'étoles symboliques,
Puis enfin, vers la grotte, au renom sans pareil,
S'avance le pontife en pompeux appareil.

En face du vieux fort, sur la roche bénie
Voyez-vous resplendir le temple de Marie?
Sa beauté virginale enchaîne tous les yeux :
Là viendront les croyants de tous les vents des Cieux.
Sur les nombreux autels du superbe édifice,
Pour la France est offert l'auguste sacrifice;
Et s'unissant à Dieu par un vœu solennel,
La multitude immense implore l'Éternel.

Autre scène aux regards : cette innombrable foule
Vers la grotte en chantant à grands flots se déroule,
S'entasse aux bords du gave et sur les prés en fleurs,
Et sur cet océan aux mobiles couleurs,
Les souffles embaumés des brises printanières
Font flotter étendards, oriflammes, bannières,
Et devant le rocher des apparitions,
Montent d'un peuple entier les acclamations.

Sous les traits de la Vierge à l'enfant apparue,
En marbre de carrare, une belle statue,
De l'art et de la foi chef-d'œuvre gracieux,
Sur la niche au rosier attire tous les yeux.

A ses pieds la fontaine aux eaux fraîches, limpides,
Jaillit par trois canaux du sein des rocs arides :
Source à jamais féconde en faits miraculeux,
Source de siloé pour tous les malheureux.

Le départ a sonné, car le soleil décline,
Et plus pâles ses feux tombent sur la colline.
Pour la dernière fois, en hymnes de bonheur,
La voix des pèlerins monte vers le Seigneur.
On se presse, on se lave, on boit à la fontaine ;
On doit plus d'un miracle à sa vertu soudaine ;
Et dans le sein des monts, des cités, des hameaux,
Mille vases légers emporteront ses eaux.

II

Déistes, esprits forts, libres-penseurs, athées,
Géants de la science, Encelades, Antées,
Pour vous, ces grands transports et ces émotions
Ne sont que fanatisme ou folles visions :
Des sublimes hauteurs de vos grandes pensées
Vous prenez en pitié les foules insensées !
— « Point de surnaturel, la nature a ses lois,
» Et Dieu même, s'il est, n'a sur elle aucuns droits.

» La raison désormais seule rend des oracles;
» La science a mis fin à la foi des miracles,
» Et sur l'humanité secouant son flambeau,
» Elle ouvre à ses regards un horizon plus beau.
» Le peuple voit partout dans les grands phénomènes
» Des faits prodigieux, des forces surhumaines,
» Et prodigue l'encens et l'adoration
» Aux secrètes vertus de la création. »

A l'œuvre donc savants, l'occasion est belle!
Une enfant vous convoque aux roches Massabielle,
Où le surnaturel, dit-on, se montre aux yeux :
Une enfant de treize ans commerce avec les Cieux.
Faible, pauvre, timide, ignorante et modeste,
Elle voit, ou croit voir un être au port céleste ;
Elle tombe à genoux devant l'Être divin,
Et son front calme et pur s'illumine soudain.

Hâtez-vous, car déjà les pâtres des montagnes,
Les peuples du Béarn, les peuples des Espagnes
Accourent ; nos cités s'ébranlent à ces bruits ;
Mille et mille témoins stupéfaits et séduits

Contemplent en priant Bernadette en extase!
Hâtez-vous, que l'erreur s'écroule par la base;
Certes votre génie aura bientôt raison
Du fantôme divin qui monte à l'horizon.

Aux peuples abusés, docteurs, parlez en maîtres!
Est-ce une comédie, invention des prêtres?...
Non, l'enfant ne ment pas; son ingénuité
Ne saurait altérer la simple vérité!
— « Elle est hallucinée ou bien cataleptique :
» De là les visions et l'état extatique;
» Encore quelques jours, la pauvre enfant mourra,
» Et prestige et croyants, tout s'évanouira.

L'arrêt est proclamé, l'arrêt de la science!
Suspendez un moment, peuples, votre croyance!
Mais que vois-je? à toute heure, et par tous les chemins,
Abordent plus nombreux les bataillons humains,
Et la voix d'une enfant, la voix d'une bergère
Aux lettres, à l'intrigue, au mensonge étrangère,
Exerçant sur la foule un magique pouvoir,
Dans le camp des savants porte le désespoir.

L'épreuve est contre vous; menteur est votre oracle;
Bernadette a vaincu! voilà bien un miracle!
« Point de surnaturel : » ah! vous fermez les Cieux?
Eh bien! vous en aurez à foudroyer vos yeux...
De la grotte fameuse expliquez donc la source?
La roche était sans eaux; quelle main à leur course
Ouvrant un lit secret dans le granit des monts,
Les a faites jaillir des abîmes profonds?

De leurs effets puissants dites-nous le mystère :
Sans goût, et sans vertu, voilà leur caractère;
Et cependant, venus de tous les horizons,
Les malades ici puisent les guérisons,
Et sur les bords lointains leurs vertus souveraines
Éclatent chaque jour en cures surhumaines!
Mécréants, niez-donc la source et ses bienfaits,
Et la main de Dieu même empreinte en leurs effets.

Bernadette avait dit : « Sur le roc Massabielle
» La Mère du Sauveur demande une chapelle,
» Prêtres, j'ai près de vous rempli ma mission. »
Et le prêtre disait, votons un million;

Mais d'où viendra cet or? d'où cette somme immense?
Dieu le sait : incroyants, vous avez dit : démence!
Et les peuples émus venaient à pleins chemins,
Et la foi follement donnait de toutes mains;

Et le temple bâti sur le roc des montagnes,
De son front radieux domine les campagnes;
De cantiques sacrés le désert retentit,
Et du culte divin la pompe y resplendit.
Cette foi, ce concours, ces dons et ces oracles,
Ces faits prodigieux ou plutôt ces miracles,
D'imposture et d'intrigue écartent tout soupçon,
Et leur enchaînement échappe à la raison.

Parlez donc, esprits forts, confondez l'ignorance,
Comprimez cet élan au nom de la science;
Mais votre front pâlit, vous demeurez sans voix...
Votre fière raison serait-elle aux abois?
Eh bien! à son défaut, armez-vous de la haine;
Arrêtez cette mer dont le flot vous entraîne;
Élevez des remparts, lancez vos procureurs :
La foi des pèlerins se rit de vos fureurs.

Vous ameutez en vain la tourbe radicale,
En vain de vos journaux la tactique infernale
D'un poison corrupteur infectant les esprits,
Amasse contre Dieu l'injure et le mépris,
Tranquilles, nous bravons vos cris, vos anathèmes,
Nous voyons chaque jour s'effondrer vos systèmes,
Et bientôt nous verrons, l'orage étant passé,
Au pied de notre croix, votre autel renversé.

Deux mille ans n'ont-ils pu vous révéler encore
Le pouvoir de ce Christ que l'univers adore ?
N'a-t-il pas dans son culte uni les nations,
Détruit le vain ramas des superstitions,
Et semant à tout vent ses sublimes doctrines,
Fondé la loi d'amour sur leurs vastes ruines ?
Le passé, le présent, l'avenir sont à lui,
Nul siècle n'éteindra l'astre qui nous a lui.

Voyez-vous le soleil lancé dans sa carrière ?
Il répand sur le monde un fleuve de lumière.
Éteindrez-vous ces feux ? quand le torrent des monts
Par les neiges grossi, précipite ses bonds,

Briserez-vous ses flots? et lorsque sur nos plaines
S'élancent du midi les bruyantes haleines,
Opposant une digue à leurs fougueux élans,
Calmerez-vous l'ardeur de leurs souffles brûlants?

Non; formez des complots, entassez les obstacles,
Dieu fera pour son œuvre éclater les miracles.
Lorsque les nations, ivres d'impiété,
S'endorment dans l'orgueil et dans la volupté,
Dieu, pour les châtier les courbe sous la honte;
Mais veut-il les sauver d'une ruine prompte?
Par des signes d'amour il se montre à leurs yeux,
Et pour les relever, il abaisse les Cieux.

O roc de Massabielle, ô montagne chérie,
Grotte des visions, où la Vierge Marie
Pour calmer de nos maux l'amertume et le fiel,
A la terre apporta le sourire du Ciel;
Temple dont la grandeur et la magnificence
De la foi catholique atteste la puissance;
Source aux flots abondants, aux merveilleux effets,
D'un Dieu puissant et bon proclamez les bienfaits.

Lourdes lève ton front : la Foi, vers tes rivages
Guidera des croyants les saints pèlerinages.
Les chefs des nations y viendront à leur tour
Apporter leur hommage à la mère d'amour ;
Tes monts resplendiront d'une immortelle gloire,
L'Église en lettres d'or écrira ton histoire,
Et des bords de ton gave à la reine des Cieux
Monteront à jamais des chants délicieux.

Et toi, crois au Seigneur, ô France, ô ma patrie,
France des rois chrétiens, royaume de Marie !
Sur toi l'Emmanuel abaisse ses regards,
Car deux fois, sur nos monts, gigantesques remparts,
Pour pleurer, pour prier, sa mère est descendue ;
Deux fois pour nous bénir sa main s'est étendue,
Et Dieu qui voit nos cœurs à ses ordres soumis,
Va tourner sa fureur contre nos ennemis.

(1) L'inauguration et la bénédiction de la statue de la Vierge eut lieu le 4 avril 1864. Le temps était magnifique, la ville était pavoisée de fleurs ; quarante mille personnes prirent part à la grande cérémonie.

Bordeaux. — Imprimerie CHAYNES, rue Leberthon, 7.

9 7 8 2 0 1 3 2 8 3 8 9 2